Ce livre appartient à

____

BRADY BRADY

Collection 5 parties

BRADY BRADY

Collection 5 parties

Mary Shaw

Illustrations de ***Chuck Temple***

Texte français de Jocelyne Henri et de Louise Binette

SCHOLASTIC

Catalogage avant publication de Bibliothèque et Archives Canada

Shaw, Mary, 1965-
[Romans. Extraits. Français]
Brady Brady collection 5 parties / Mary Shaw ; illustrations de Chuck Temple ; texte français de Jocelyne Henri et Louise Binette.

Traduction de: Brady Brady game time collection.
Sommaire: Brady Brady et la vedette -- Brady Brady et le champion perdu -- Brady Brady et le footballeur grincheux -- Brady Brady et le super frappeur -- Brady Brady et le grand nettoyage.
ISBN 978-1-4431-6372-9 (couverture rigide)

I. Temple, Chuck, 1962-, illustrateur II. Henri, Jocelyne, traducteur III. Binette, Louise, traducteur IV. Shaw, Mary, 1965- Brady Brady and the singing tree. Français V. Titre.

PS8587.H3473A614 2018 jC813'.6 C2018-901237-4

Édition publiée par les Éditions Scholastic, 604, rue King Ouest, Toronto (Ontario) M5V 1E1

5 4 3 2 1 Imprimé en Chine 38 18 19 20 21 22

Table des matières

BRADY BRADY

et la vedette

Brady est inquiet. Depuis quelque temps, son ami Elwood n’est pas très heureux. Brady croit savoir pourquoi.

La première fois qu'il est entré dans le vestiaire des Ricochons, Elwood a été surnommé « Titan » à cause de sa grande taille. Titan préfère son surnom à son nom. Et il adore jouer au hockey juste pour s'amuser.

Le père de Titan ADORE le hockey lui aussi, mais pour une raison différente. Il rêve de voir un jour son fils devenir une grande étoile et jouer dans la LNH. On dirait que c'est tout ce qui compte pour lui. Alors, quand Brady remarque l'air abattu de Titan, il devine ce qui le tracasse.

Entre les matchs, le père de Titan fait toujours faire à son fils des redressements assis, des tractions et des tours de piste. Titan déteste les tours de piste.
En se rendant à l'aréna, son père n'arrête pas de parler de hockey. Titan aimerait bien écouter la radio.

Avant les matchs, pendant que ses amis s'amusent dans le vestiaire, Titan reste avec son père. Tous deux s'assoient dans les gradins et observent les équipes sur la glace. Le père de Titan commente les bons et les mauvais coups des joueurs.

Durant les matchs, Titan, ainsi que tous les joueurs et les partisans, entend son père lui crier :

— **Patine plus vite! Lève la tête! Réveille-toi!**

C’est embarrassant. Parfois, Titan voudrait retourner au vestiaire et oublier le hockey. Il aimerait bien que son père comprenne qu’il veut seulement jouer pour ***s’amuser***.

Tous les joueurs des Ricochons sont tristes pour Titan. Brady voudrait bien l'aider, mais il ne sait pas comment. Puis un jour, tout en se préparant pour le match, Brady se met à rêver tout haut. Les autres joueurs ne tardent pas à l'imiter, même Titan.

— Ce serait ***génial*** d'être une ***joueuse*** de hockey dans la LNH! s'exclame Tess.

— Ce serait ***génial*** de remporter une ***victoire*** dans la LNH! dit à son tour Charlie.

— Ce serait ***génial*** de réussir un ***tour du chapeau*** dans la LNH! ajoute Brady.

— Ce serait ***génial*** de ***chanter*** à un match de la LNH! s'écrie Titan.

— ***QUOI?***
Tous les joueurs reviennent subitement à la réalité.
— As-tu dit ***chanter?*** questionne Brady.
— Oui, Brady Brady, répond Titan. J'ai toujours rêvé de chanter l'hymne national à un match de la LNH. Mais ne le dis pas à mon père.

À cause de leurs rêveries, les Ricochons doivent se dépêcher de lancer leur cri de ralliement.

On est les meilleurs!
On est les plus forts!
Titan veut être chanteur!
On est tous d'accord!

Les Ricochons sortent en vitesse du vestiaire et, sans dire un mot, poussent Titan au centre de la glace. La foule est silencieuse. Personne ne sait ce qui se passe, à commencer par Titan.

— Tu n'es pas obligé de le dire à ton père, lui chuchote Brady. Montre-lui.

— Brady Brady, je ne…
Tout à coup, Titan se retrouve seul; il ferme les yeux, lève le menton, ouvre grand les bras… et se met à chanter.

Quelle voix ***incroyable!***

À la fin de l'hymne national, la foule applaudit et siffle. Les deux équipes frappent leurs bâtons sur la glace. Il n'y a jamais eu autant de bruit dans l'aréna.
Titan sourit timidement. Il cherche son père des yeux dans les gradins.
Son père, lui, ne sourit ***pas du tout***.

En revenant à la maison après le match, le père de Titan rappelle à son fils qu'il est un joueur de hockey et non un chanteur.
— Mon fils n'échangera pas son bâton de hockey contre un microphone! dit-il d'un ton catégorique.
— J'***aime*** le hockey, papa, dit Titan, la gorge serrée. Et je ***veux*** jouer, mais seulement si je peux m'amuser. Et seulement si je peux chanter avant tous les matchs des Ricochons. L'entraîneur me l'a déjà demandé, et j'ai dit oui.

Le père de Titan a l'air surpris. Il veut protester, mais il change d'idée.
— Dans ce cas, si c'est ce que tu désires, je vais respecter ta décision. Mais tu devras redoubler d'efforts lors des entraînements.
Titan accepte, et le marché est conclu.

Pendant un certain temps, tout se passe bien. Titan est tellement heureux de chanter que son jeu s'améliore. Son père en est enchanté. Les Ricochons deviennent de plus en plus populaires, sur la glace comme en dehors de la patinoire. Tout le monde parle de leur performance au hockey et du joueur qui chante l'hymne national. Un journaliste du journal local vient même interviewer Titan.

Puis un jour, l'entraîneur leur annonce une surprise :
les Ricochons ont été invités à patiner entre les périodes
lors d'un vrai match de la LNH!

Pour tous les joueurs, c'est un rêve qui se réalise. Pour Titan, c'est un cauchemar qui commence.

— Mon père va penser que c'est l'occasion unique pour moi de devenir une étoile de hockey, dit-il à Brady. Que va-t-il se passer si je fais une gaffe devant tout le monde et que je le déçois?

— Tu ne le décevras pas, lui répond Brady. De plus, nous serons tous avec toi. Tout ira bien!
Malgré les encouragements de Brady, Titan est terrifié.

Le soir du match de la LNH,
l'aréna est rempli de partisans bruyants.
Depuis le vestiaire, les Ricochons entendent
les rumeurs et les cris de la foule.

Quand on frappe à la porte, tout le monde sursaute, surtout Titan.
— C'est le moment! annonce l'entraîneur.
— Mais nous ne sommes pas censés y aller avant la fin de la première période! s'étonne Brady.

— C’est vrai pour le reste de l’équipe, mais pas pour Titan, dit l’entraîneur en souriant. Je vous ai réservé le meilleur pour la fin. Titan va chanter l’hymne national!
Titan est abasourdi. Il reste figé sur place, la bouche grande ouverte.

— Qu'est-ce que tu attends? dit une voix derrière lui.
Titan se tourne et voit son père, un microphone à la main.
— Je t'échange ce microphone contre ton bâton. Mon fils, tu es le meilleur chanteur de l'hymne national que je connaisse.

Les partisans se calment dès que les projecteurs illuminent le centre de la glace. Titan s'avance dans le cercle de lumière; il ferme les yeux, lève le menton, ouvre grand les bras… et se met à chanter.

En saluant la foule qui l'applaudit, Titan aperçoit le visage de son plus grand partisan derrière la vitre, le sourire jusqu'aux oreilles.

BRADY BRADY

et le champion perdu

Le chasse-neige passe en grondant devant la maison de Brady.

— Hourra! s'écrie-t-il. Notre rue est déneigée! Viens, Champion.

Brady s'emmitoufle dans des vêtements chauds et va chercher son bâton de hockey dans la remise.

— Pas si vite, Brady Brady, dit sa mère en lui prenant le bâton des mains pour le remplacer par une pelle. Il faut dégager l'allée avant le retour de ton père.

— Oh, maman, gémit Brady.
Le chasse-neige a laissé un énorme tas de neige au bout de l'allée.

Brady se met au travail. Il a accompli la moitié de sa tâche quand il aperçoit Charlie et Tess qui marchent vers lui en transportant un filet de hockey.

— On se fait une petite partie? demande Tess.

Brady n'hésite pas un seul instant. Il abandonne sa pelle pour son bâton de hockey et rejoint ses amis.

Leur partie est interrompue par un crissement de pneus dans la neige. La voiture du père de Brady est coincée dans le tas de neige de l'allée.

— Oups! Il faut que j'y aille, dit Brady à ses amis avant de s'éloigner en courant.

Son père n'a pas l'air content.

À partir de ce moment-là, les choses vont de mal en pis. Le père de Brady trébuche sur le sac de hockey du garçon et y découvre des vêtements encore mouillés et puants. Brady a oublié de faire sécher ses affaires après l'entraînement d'hier.

Contrariés de voir leur fils toujours pressé d'aller jouer au lieu de faire ce qu'il doit faire, les parents de Brady l'envoient dans sa chambre. Depuis sa fenêtre, Brady peut voir la partie de hockey qui se poursuit au bout de la rue.

— Euh... maman, dit Brady. Veux-tu que je promène Champion avant le souper?

La mère de Brady est ravie qu'il offre de sortir le chien sans qu'on le lui ait demandé. Champion raffole des promenades autant que Brady raffole du hockey.

Quand il rejoint ses amis, Brady attache la laisse de Champion à un lampadaire et se précipite pour jouer. Champion a beau gémir et japper, personne ne prête attention à lui.

Brady ne sent pas le froid tandis qu'il poursuit la balle d'un filet à l'autre. Mais bientôt, il commence à faire noir et la partie prend fin. Brady salue ses amis et rentre chez lui à toute vitesse.

— Ton souper refroidit, dit la mère de Brady en ébouriffant les cheveux de son fils. Au moins, Champion a pu profiter d'une belle longue promenade.

Brady reste bouche bée. Il a l'impression d'avoir reçu un coup de poing dans le ventre. En voyant sa tête, son père demande :
— Dis donc, où est Champion?

— Je… Je… l'ai attaché à un lampadaire, répond Brady, les lèvres tremblantes. J'ai joué au hockey seulement quelques…

La mère de Brady l'entraîne jusqu'au bout de la rue plongée dans le noir. À la lueur du lampadaire, ils découvrent la laisse et le collier de Champion, mais pas de chien. Brady refoule ses larmes tandis qu'il parcourt le voisinage avec sa mère en appelant son chien encore et encore.

Le père et la sœur de Brady prennent la voiture pour chercher aux alentours. Aucune trace de Champion. Ils doivent finalement tous se résoudre à rentrer sans Champion.

— Peut-être qu'il reviendra tout seul, dit la mère de Brady en le bordant. Je vais laisser la porte de la remise ouverte, au cas où.

Brady bien sait que sa mère est aussi inquiète que lui.

Il fixe du regard le panier vide de Champion en écoutant rugir le vent glacial. Comment a-t-il pu négliger ainsi son meilleur ami?

Toute la nuit, il se tourne et se retourne dans son lit.

Le lendemain matin, Brady se lève d'un bond pour voir si Champion est rentré, mais la mine déconfite de sa sœur veut tout dire.

Champion n'est pas revenu.

Brady se sent si mal qu'il ne peut pas déjeuner. Il n'ose pas regarder les membres de sa famille. Ce sera sa faute s'ils ne revoient jamais leur chien.

Son père propose d'aller voir si quelqu'un a ramené Champion au refuge pour animaux.

Brady se précipite pour l'accompagner. C'est toujours mieux que de ne rien faire du tout.

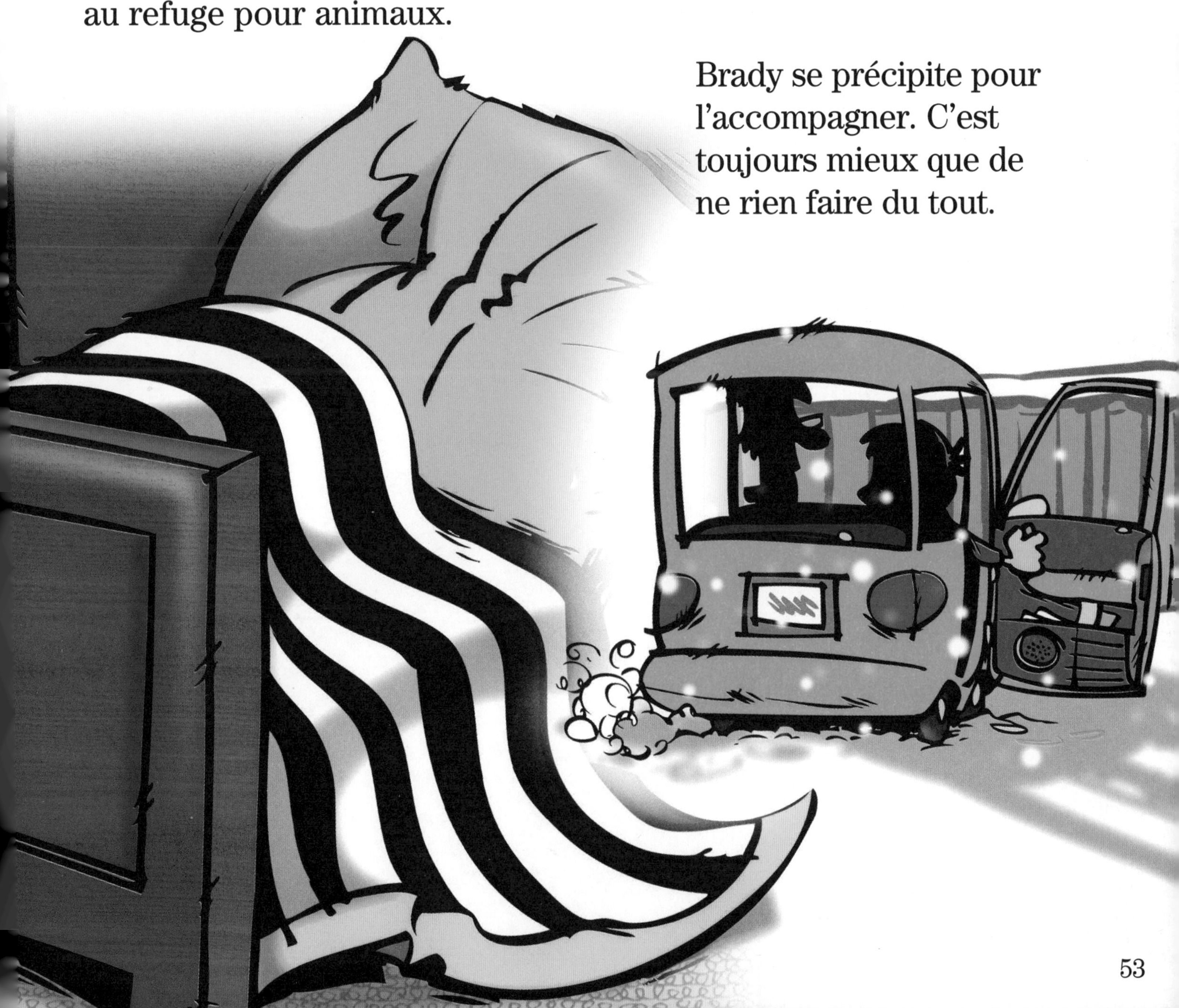

Au refuge, Brady court d'une cage à l'autre à la recherche de son ami.

Et c'est là, dans la plus petite cage au bout de la dernière rangée, qu'il aperçoit le pauvre Champion. Brady secoue la porte pour tenter d'ouvrir la cage.

— Attends, mon vieux. Je vais te sortir de là, murmure Brady en passant ses doigts à travers le grillage pour toucher son chien.

— Une minute, mon garçon, dit le gardien. Il y a des frais à payer pour le récupérer.

Brady sent son cœur se serrer. Il n'a pas d'argent.

— Il va falloir pelleter beaucoup de neige pour gagner cet argent, lui dit son père. Pour l'instant, je te le *prête*, mais tu devras me rembourser.

Il sort son portefeuille et pose sa main sur l'épaule de Brady.

— Je crois que c'est la meilleure façon de t'apprendre à devenir responsable. Et puis, on ne peut pas laisser notre ami ici, n'est-ce pas?

— Ça, non! répond Brady en remettant l'argent au gardien. Et ne t'inquiète pas. Je te promets que ça n'arrivera plus jamais. Une nuit sans Champion, c'était une nuit de trop.

Le gardien ouvre la cage de Champion et fait un clin d'œil à Brady.

— Prends bien soin de ton chien, dit-il. Il m'a l'air d'un vrai bon copain.

La queue de Champion frétille de joie.
— Certainement, répond Brady sans même essuyer les traces de bisous baveux de Champion. Rentrons à la maison, mon vieux.

Ce jour-là, Brady déneige les allées de quatre voisins et la sienne.

Ses amis l'invitent à jouer au hockey dans la rue, mais Brady répond qu'il est trop occupé. Il n'est même pas sûr d'avoir encore la force de tenir un bâton de hockey. Et de toute façon, il a une promesse à tenir.

Ce soir-là, Brady a juste assez d'énergie pour entourer Champion de ses bras endoloris avant de s'endormir et de rêver de bancs de neige et de pelles, de cages et d'argent, de queues qui frétillent et d'histoires qui finissent bien. Et de hockey, bien sûr.

BRADY BRADY

et le footballeur grincheux

C’est le printemps. Le moment est venu de ranger les patins et de sortir le ballon de football. Brady est impatient de jouer avec ses amis, mais son ballon est tout aplati, dans le même état où il se trouvait à la fin de la saison.

Le vieux monsieur L’Heureux l’a dégonflé avant de le lui rendre, juste parce qu’il l’a trouvé dans son potager… une fois de plus.

Brady sort voir son père qui travaille dans la cour.

— Papa, mes amis et moi voulons jouer au football. Peux-tu le regonfler?

Le père de Brady va chercher la pompe et le prévient :

— Brady Brady, ne contrarie pas M. L'Heureux cette année encore.

— On ne l'avait pas fait exprès. M. L'Heureux est toujours grincheux. Sais-tu pourquoi, papa?

— Je pense qu'il n'aime pas beaucoup le football. Mais c'est un bon voisin, alors évitez de lancer le ballon dans son potager, d'accord?

Brady promet, même s'il trouve toujours M. L'Heureux méchant.

Les amis de Brady l'attendent sur le terrain vague.

Brady est nerveux quand il pose le ballon par terre et qu'il se place pour le premier botté de la saison. Il doit éviter d'envoyer le ballon trop à droite, vers la cour de M. L'Heureux.

Brady s’élance, mais rate complètement son botté et tombe sur le dos.

Ses amis éclatent de rire.

— Oups! Plus besoin de m’inquiéter de la direction du ballon.

— Mais qu'est-ce que c'est que tout ce boucan?

Les enfants sursautent. C'est M. L'Heureux. Il a le visage tout rouge et il semble furieux.

— Désolé, monsieur L'Heureux, répond Brady en agitant la main. Nous allons faire moins de bruit.

M. L'Heureux leur jette un regard mauvais avant de s'éloigner.

— Quoi qu'on fasse, dit Brady, il ne faut surtout pas envoyer le ballon à *droite!*

C'est au tour de Kevin de botter.

Comme d'habitude, il parle trop au moment de frapper le ballon. Celui-ci rebondit plusieurs fois sur le sol, survole la haie et finit sa course au beau milieu du potager de M. L'Heureux.

Les enfants sont terrifiés.

Ils jouent à roche, papier, ciseaux pour déterminer qui ira récupérer le ballon.

C'est Brady qui hérite de la tâche.

Au moment où Brady se penche pour ramasser son ballon, un énorme pied l'en empêche.

— Ma patience
a des limites,
gronde M. L'Heureux.
La prochaine fois, je vais
garder le ballon!

Sur ce, il le botte et l'envoie ***loiiin***,
à l'autre bout du terrain.

Kevin va chercher le
ballon et rejoint ses
amis qui se réunissent.

— Il faut faire plus attention, dit Brady.

— Tu as raison! M. L'Heureux était furieux, ajoute Tess.

— Oui, mais vous avez vu à quelle distance il a envoyé le ballon? demande Kevin.

Tess est la prochaine à botter. Charlie effectue quelques calculs pour l'aider à bien viser.

Tess saute en l'air, fait une rotation, atterrit et frappe le ballon de toutes ses forces.

Haut et droit, le botté est parfait jusqu'au moment où une rafale le fait dévier… vers la *droite!*

Le ballon atterrit avec un bruit sourd contre
la fenêtre du sous-sol de M. L'Heureux.

— Oh non, fait Charlie.
Il se met à claquer des dents.

— Qu'est-ce qu'on fait maintenant?
demande Tess.

— Cette fois, chuchote Brady,
on y va tous ensemble.

Ils contournent la haie et avancent à
pas de loup vers l'arrière de la maison.

Lorsque Brady se penche pour ramasser son ballon, un objet brillant attire son regard. Le sous-sol est rempli de trophées et tapissé de photos de football. Dans un coin, Brady aperçoit le plus gros trophée qu'il ait jamais vu.

— Ça alors! s'exclame-t-il.

— ***HÉ!*** Qu'est-ce que vous faites là? s'écrie M. L'Heureux en venant vers eux.

Serrant son ballon contre lui, Brady se redresse pour faire face à son voisin.

— Nous sommes vraiment désolés, monsieur, commence Brady. C'était un accident. Le vent a fait dévier le ballon jusqu'ici. Parole d'honneur!

— Peuh! Le vent! râle M. L'Heureux.

Mais l'expression du vieil homme a changé et Brady n'a plus peur de lui.

— Monsieur L'Heureux, dit-il, c'est vous qui avez gagné ce gros trophée qu'on voit en bas? Mon père pense que vous n'aimez pas beaucoup le football, mais je crois que vous adorez ce sport autant que nous.

Sans dire un mot, M. L'Heureux se retourne et s'en va.

Les enfants n'ont plus très envie de jouer, d'autant plus qu'ils n'arrivent même pas à donner le coup d'envoi.
Ils sont assis sur le terrain lorsque Brady aperçoit M. L'Heureux. Celui-ci apporte l'énorme trophée et un album de photos.

M. L'Heureux dépose le trophée et bombe le torse.

— C'est la botte de bronze, annonce-t-il. Je l'ai gagnée pour avoir été le meilleur botteur de placement de ma ligue.

M. L'Heureux ouvre l'album et montre aux enfants des photos de lui quand il était un joueur de football admiré de tous et surnommé « l'as du botté ». Puis il prend un air triste.

Il se penche pour rassembler ses affaires et renverse le trophée. Brady le ramasse et s'assure qu'il n'est pas abîmé.

— Ce n'est pas la peine, Brady, dit M. L'Heureux. Ce trophée n'attire que la malchance de toute façon.

— La malchance? s'étonne Brady. Mais pourquoi donc?

— Après la remise de ce trophée, mon équipe a participé au match de championnat. Nous avions un point de retard et on m'a envoyé faire le placement de la victoire. Les spectateurs scandaient mon nom : «***L'as du botté! L'as du botté! L'as du botté!***» C'était dans la poche… Du moins, c'était ce que je croyais. Comme d'habitude, j'ai botté le ballon loin et bien droit. C'était un botté ***parfait***.

Mais au même moment, une forte rafale a déporté le ballon, qui a dévié à *droite* du poteau de but. Nous avons perdu le match. Et je n'ai plus jamais joué au football, conclut M. L'Heureux.

— Monsieur L’Heureux! s’écrie Brady. Ça vous dirait de jouer maintenant? Vous êtes le plus grand joueur de football qu’on ait jamais rencontré. Vous pourriez nous montrer comment jouer!

Tous les enfants approuvent d’un signe de tête.

— Je veux bien à une condition, dit M. L'Heureux. Vous devez améliorer votre botté si nous voulons sauvegarder mon potager!

— Marché conclu! déclare Brady en serrant la main de son voisin.

Les enfants se rassemblent autour de M. L'Heureux et lancent leur cri de ralliement :

On est les plus forts!
On est les meilleurs!
Si le vent souffle à droite...
Bottons à gauche pour être vainqueurs!

BRADY BRADY

et le super frappeur

Le jour que Brady attendait tant est enfin arrivé. Il prend son bâton et son gant, et se dirige vers le terrain de baseball pour rencontrer sa nouvelle équipe.

Son chien, Champion, est excité lui aussi! Il fait la course avec Brady en tenant une vieille balle de baseball dans sa gueule.

Brady arrive le premier et reçoit un uniforme des Moucherons. Il choisit le numéro 4, son chiffre porte-bonheur. À mesure que ses coéquipiers le rejoignent, Brady leur tape dans la main. Titan est le dernier arrivé. Le seul uniforme qui reste est de très petite taille. Il ne lui va pas.

— Tiens, prends le mien, sinon tu ne réussiras jamais à frapper la balle, dit l'entraîneur.

Il range le très petit maillot dans son sac de sport. Tout le monde est content, jusqu'au moment où l'entraînement commence.

L'entraîneur fait courir les joueurs d'un but à l'autre pour qu'ils s'échauffent. Champion court lui aussi, mais il se met en travers du chemin et fait trébucher Tess.

Puis les joueurs s'entraînent à lancer des balles vers la clôture pour améliorer leur précision, mais Champion les intercepte toutes.

Impossible d'attraper une chandelle ou un roulant.

L'entraîneur observe la scène.

— Brady Brady, commence-t-il, je suis désolé de te dire que ton chien va devoir partir. Il déborde d'enthousiasme, mais il ne connaît pas grand-chose au baseball.

Brady ramène Champion chez lui, l'enferme dans la maison et retourne au terrain à temps pour l'exercice au bâton.

Tess frappe la balle au champ droit. Kevin l'expédie au champ gauche.

C'est au tour de Brady. Il fait un double nœud à ses lacets et s'avance vers le marbre.

D'un coup de bâton, il enlève la terre de ses chaussures et effectue un élan d'échauffement. L'entraîneur lance et Brady frappe de toutes ses forces.

La balle passe par-dessus la tête de
Freddie en direction du champ centre
et atterrit juste devant la clôture.

Tout le monde pousse des
cris de joie pendant que
Brady court
sur les buts.

Puis l’entraîneur lance la balle à Titan. Celui-ci s’élance de toutes ses forces, mais *trop tôt.*

— Ce n’est pas grave, Titan, l’encourage Brady.

L’entraîneur lance de nouveau. Titan s’élance, mais *trop tard.*

— Tu l’auras cette fois-ci! lui crie Brady.

Mais Titan rate tous les lancers de l’entraîneur.

— Ne t'en fais pas, ce n'est qu'une question de coordination, explique l'entraîneur à Titan.
Puis il ajoute à l'attention de l'équipe :
— Le premier match de la saison approche. Tout le monde doit être prêt.

Titan est certain que c'est à lui que l'entraîneur fait allusion.

— Qu'est-ce que je vais faire? demande Titan tristement en se couvrant le visage avec sa casquette. Je ne saurai jamais frapper une balle, même si ma vie en dépendait...

— J'ai une excellente idée! dit Brady. Nous avons une semaine pour faire de toi un super frappeur.
— NOUS? demandent les enfants en chœur.
Brady leur explique son plan.
— Rendez-vous chez moi, dans la cour. On a du travail, dit-il en faisant un clin d'œil à Titan.

Une fois chez lui, Brady court vers la remise dans la cour arrière. Il rassemble un gant de jardinage, deux cônes et un sac de jute pour délimiter le terrain de baseball.

Le pauvre Champion aboie pour qu'on le fasse sortir, mais Brady le laisse dans la maison afin qu'il ne dérange pas l'équipe.

Les enfants arrivent et prennent place sur le terrain. Mais il s'avère bien vite qu'ils sont venus pour rien. Titan se tient près du sac de jute et s'élance à chaque lancer de Brady, soit trop tôt, soit trop tard! Brady lance encore et encore, jusqu'à l'épuisement, mais Titan ne parvient pas à frapper une seule balle.

Lorsque la nuit commence à tomber, Brady va dans la remise chercher des lampes de poche que les enfants tiennent à tour de rôle pour permettre à Titan de s'exercer un peu plus longtemps.

La mère de Brady s'écrie à la fenêtre :

— Brady Brady, c'est tout pour ce soir! Il est tard, et Champion veut sortir. Ses aboiements nous rendent ***fooouuus!***

— Ça ne sert à rien, dit Titan en s'effondrant. Même si on faisait ça tout l'été, je n'arriverais toujours pas à toucher la balle!

Dans son lit, ce soir-là, Brady cherche un moyen d'aider son ami. Champion est couché près de lui, une balle de baseball dans la gueule.

— Je sais, murmure Brady. Je voudrais bien que tu puisses nous aider…

Le lendemain, Brady réaménage la cour en terrain de baseball. Titan arrive en traînant son bâton derrière lui.

— Peut-être que son bâton est trop court, suggère Tess.

— Peut-être qu'il le serre, trop, dit Charlie.

— Peut-être que ses chaussures sont à l'envers, ajoute Kevin.

Dans la maison, Champion aboie furieusement, mais personne ne prête attention à lui.

Titan reprend sa place près du sac de jute.

La chance ne lui sourit pas une seule fois de toute la journée. Il sent la panique monter en lui.

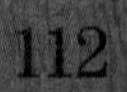

Après le départ des autres enfants, la porte s'ouvre alors que Brady lance encore quelques balles à Titan.

— Brady Brady! s'écrie son père. Champion a besoin de compagnie. Il est resté dans la maison à japper toute la journée.

Champion court vers Brady avec sa balle de baseball dans la gueule.

— Pas maintenant, mon vieux, dit Brady. Titan doit encore s'exercer.

Champion s’assoit près de la clôture et attend.

Titan porte le bâton à son épaule et Brady lui lance la balle. Au moment où la balle atteint le marbre, Champion pousse un aboiement aigu. Surpris, Titan s’élance. ***Paf!***

La balle franchit la clôture. Titan se frotte les yeux pour s'assurer qu'il n'a pas imaginé ce coup fulgurant.

— Bravo, Titan! dit Brady. Recommence!

Titan se prépare pour le prochain lancer. Quand la balle passe au-dessus du marbre, Champion aboie fort. Titan s'élance et, de nouveau, expédie la balle hors de la cour.

— Comment y es-tu arrivé? demande Brady.

— J'imagine que c'est grâce à toi et à tous ces exercices, répond Titan, rayonnant. Et grâce à Champion qui m'encourage.

— Mais oui! s'écrie Brady. C'est grâce à *Champion!* Il te dit quand frapper!

Brady fait entrer Champion dans la maison, puis continue de lancer la balle à son ami, comme avant. Titan reprend ses vieilles habitudes :
il s'élance… et fend l'air, encore et encore.

Brady ramène Champion dehors. Au moment critique, Champion aboie et Titan expédie la balle par-dessus la clôture. Lancer après lancer, l'exploit se répète. Heureusement, car le match inaugural a lieu le lendemain!

Avant le match, les bavardages animés des spectateurs et l'odeur des hotdogs créent une joyeuse ambiance.

Titan est assis dans l'abri des joueurs en attendant son tour au bâton. Nerveux, il trace des ronds sur le sol avec ses chaussures à crampons.
— Tu peux y arriver avec un coup de main de ton ami, dit Brady en lui tapotant le dos.

Il indique la clôture, derrière le marbre.

Champion est là et remue la queue.

Titan s’avance dans le
rectangle du frappeur.
Les Moucherons
l’encouragent.

On est les plus forts!
On est les meilleurs!
Prenez garde à Titan!
Notre super frappeur!

Le lanceur prend son élan
et décoche une balle rapide.

Champion aboie. Titan s’élance.

Paf! La balle s’élève…
et franchit la clôture!

— Excellent match, les Moucherons! dit l'entraîneur tandis que les joueurs savourent des friandises glacées dans l'abri. Je crois que la saison sera des plus intéressantes.

Il fouille dans son sac de sport pour prendre le tout petit maillot et le met à Champion.

Champion, la nouvelle mascotte des Moucherons, est entièrement d'accord.

BRADY BRADY

et le grand nettoyage

Avril est une période de grande activité. Brady doit nettoyer son placard et faire le tri de tout ce qu'il n'utilise plus.

— Brady Brady, ta chambre est une vraie porcherie! s'exclame sa mère. C'est l'heure du grand ménage de printemps.

Selon Brady, le grand ménage de printemps est plutôt une perte de temps. C'est aussi en avril que débute la saison de baseball, et Brady a mieux à faire. Il a hâte de sortir jouer.

Même avec l'aide de Champion, il y a beaucoup trop de choses à trier.

Pendant que Brady fouille dans son placard, Champion fouine sous le lit. Il en ressort avec la balle de baseball de Brady.

— Merci, mon vieux. Je la cherchais justement, dit Brady d'un ton joyeux. Hé! Si on se lançait la balle pour s'assurer qu'elle est toujours en bon état?

Champion remue la queue. Il adore jouer à la balle avec Brady.

— D'accord, mais rien qu'une minute. Je dois continuer le ménage de ma chambre, dit Brady tandis qu'ils sortent en courant.

Brady a vite fait d'oublier le ménage, et la fin
de semaine passe comme un éclair.

À l'école, le lundi matin, la directrice annonce que le terrain de baseball est assez sec pour qu'on puisse y jouer.

À l'heure de la récréation, Brady et ses amis laissent tomber leurs crayons, attrapent leurs gants de baseball et filent vers le fond de la cour pour y faire une petite partie.
En chemin, ils discutent de la prochaine saison de baseball.

— Cette année, dit Kevin, je vais tenter de frapper un coup de circuit à chaque match.
— Moi, renchérit Brady, j'espère réussir un match parfait, sans point ni coup sûr.
— Et Charlie, lui, va essayer de ne pas trébucher sur le premier but, plaisante Freddie.
Tout le monde rit, même Charlie.

Quand ils atteignent le terrain, leurs rires et leurs taquineries cessent aussitôt. Ils n'en croient pas leurs yeux.
Il n'y a pas de premier but, ni de marbre ni de monticule. En revanche, il y a une montagne de déchets! Des tas et des tas de déchets jonchent le terrain.

— Ça alors, dit Freddie, quel gâchis!

— Il doit bien y avoir une tonne
de déchets, ajoute Charlie.
Il essuie ses lunettes et secoue la tête.

— Ça ressemble plus à un
dépotoir qu'à un terrain de
baseball, fait remarquer
Caroline en plissant le nez.

— Qu’est-ce qu’on va faire? demande Titan.

Personne n’a de réponse, mais une chose est sûre : ils ne joueront pas au baseball de sitôt.

Au moment de la composition, l'enseignante dit aux élèves qu'ils peuvent écrire un texte sur le sujet de leur choix. Mais tout ce que Brady a en tête, c'est l'état pitoyable du terrain de baseball.

À la fin de la journée, Brady a toujours un placard à ranger *et* une composition à rédiger. Les choses ne s'arrangent pas.

Brady pense au terrain de baseball en promenant Champion.

Il y pense en triant quelques boîtes.

Il y pense encore en soupant. Sa mère s'aperçoit qu'il ne mange pas.
— Brady Brady, commence-t-elle, quelque chose te tracasse?
— Oui, répond Brady tristement. Aujourd'hui, à la récréation, mes amis et moi voulions jouer au baseball, mais nous n'avons pas pu. Il y a des déchets partout sur le terrain.

— C’est dommage que tu n’aies pas pu jouer au baseball, dit sa mère, mais pense à quel point ces déchets peuvent aussi affecter la qualité de l’air, les plantes et les animaux.
— C’est vrai, Brady Brady, approuve sa sœur.

Brady n’a pas vraiment songé aux animaux ni à l’environnement. Il n’a pensé qu’au baseball.

Et il y pense toujours en prenant un bain moussant. C'est alors qu'une idée lui vient à l'esprit. Il sait ce qu'il va écrire dans sa composition! Il enlève le bouchon, enfile son pyjama et court chercher un crayon dans sa chambre.

Le lendemain matin, Brady est impatient de montrer son devoir à son enseignante.

Plus tard, celle-ci l'invite à partager son texte avec la classe.

Brady lit : « Hier, je n'ai pas pu jouer au baseball pendant la récréation. Cela m'a rendu triste. J'ai compris que les déchets et tout ce qu'on jette par terre nuisent à tout le monde. Je m'inquiétais de ne pas pouvoir jouer au baseball, mais j'aurais aussi dû m'inquiéter pour notre environnement. »

Une fois que Brady a terminé, la classe reste silencieuse. C'est inhabituel que personne n'ait rien à ajouter. Mais tant mieux, car Brady a une excellente idée!

À la récréation, il se dirige droit vers le terrain de baseball et se met au travail.

Charlie est le premier à repérer Brady. Il arrête de jouer au basketball et va lui donner un coup de main.

Puis Kevin, Titan, Freddie et Caroline aperçoivent Brady et Charlie. Ils interrompent leur jeu de tague pour aller les aider.

Bientôt, c'est toute l'école qui se met au travail. Quand la sonnerie retentit, les élèves regagnent leurs classes.

— Au moins, ça ne sent plus comme dans un dépotoir, dit Caroline en regardant par-dessus son épaule.

— C'était formidable de voir tout le monde participer et travailler en équipe pour le grand nettoyage, ajoute Brady avec fierté.

À l'heure du dîner, la voix de la directrice résonne dans l'interphone :

Chers élèves, pour vous remercier d'avoir si bien nettoyé et assaini notre cour d'école, je vous invite ainsi que les enseignants à prendre part, cet après-midi, à un match amical de baseball. Les élèves contre les profs!

Tout le monde se rassemble aussitôt sur le terrain.

Avant d'effectuer le premier lancer du match,
Brady lance un cri de ralliement avec toute l'école :

On est les meilleurs!
On est les plus sages!
Adieu les déchets!
Vive le grand nettoyage!

Ce match de baseball se révèle le plus amusant
de toute l'histoire de l'école!

Le samedi suivant, Brady se lève de bonne heure, mais pas pour jouer au baseball. Il est bien décidé à faire en sorte que sa chambre soit aussi propre que la cour de l'école.

Et avec l'aide de son meilleur copain, ce sera vite fait!